à Monsieur Noël
hommage d—
Vincenne

Monsieur

egrette bien qu'une très mauvais[e]
n m'empêche de réaliser l'intention
j'étais d'aller vous présenter
-même mon opuscule : cette
vaise raison se nomme une
ique ; je crois, monsieur, que vous
éprouvé quelque chose d'analogue ;
avez alors à qui vous en
. — Le genre enharmonique des
a obtenu d'un orchestre un succès
plet au Conservatoire.

Agréez, je vous prie, Monsieur,
salutations respectueuses

Vincent

rs 1849

ANALYSE

DU

TRAITE DE MÉTRIQUE ET DE RHYTHMIQUE

DE SAINT AUGUSTIN,

Intitulé : DE MUSICA.

NOUVELLES CONSIDÉRATIONS SUR LA POÉSIE LYRIQUE,

PAR A.-J.-H. VINCENT.

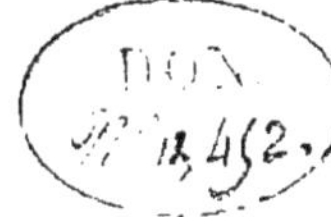

EXTRAIT DU JOURNAL GÉNÉRAL DE L'INSTRUCTION PUBLIQUE
(28 février et 3 mars 1849).

PARIS,

IMPRIMERIE ADMINISTRATIVE DE PAUL DUPONT,

Rue de Grenelle-Saint-Honoré, 55.

1849

ANALYSE

DU

[T]RAITÉ DE MÉTRIQUE ET DE RHYTHMIQUE

DE SAINT AUGUSTIN,

Intitulé : DE MUSICA (1).

NOUVELLES CONSIDÉRATIONS SUR LA POÉSIE LYRIQUE (2).

Les personnes qui ne connaissent ce traité que par le titre s'en [f]ont nécessairement une idée tout à fait fausse ; car, dans les *six [l]ivres* qui le composent, il n'est nullement question de l'art ou de [l]a science qui est pour nous la *Musique* proprement dite. Le saint [a]uteur avait eu, il est vrai, c'est lui qui nous l'apprend dans sa [l]ettre 101 (*Memorio episcopo*), l'intention de composer un autre [o]uvrage également en six livres, *de Melo ;* et dans celui-là, il eût [c]ertainement traité des sons, des intervalles, des genres, des mo[d]es, enfin de tout ce qui pour nous constitue *la Musique*, et que [l]es anciens nommaient plus particulièrement *l'Harmonique ;* mais [l]es travaux de l'épiscopat ne lui permirent pas d'exécuter ce pro[j]et : *omnes illæ deliciæ fugere de manibus,* dit-il ; perte à jamais

(1) S. Aurelii Augustini Hipp. ep. de Musica libri VI, in-12. Paris, [G]aume, 1836. (Extrait de l'édition des œuvres complètes.)

(2) L'auteur a été admis à lire ce morceau devant l'Académie des [I]nscriptions et belles-lettres, dans sa séance du 19 janvier dernier ; [s]eulement, il y a fait, depuis cette lecture, quelques additions, notam[m]ent celle d'un passage de polémique qui se trouve au commencement [d]es conclusions.

regrettable, ajouterons-nous : car, à en juger par le traité *de Musica* que nous avons entre les mains, le traité *de Melo* aurait résolu bien des questions douteuses, détruit bien des préjugés rectifié bien des erreurs. Mais laissons de vains regrets, et jouissons du trésor que le temps nous a conservé, bénissant les circonstances qu'il l'ont soustrait à la destruction dont lui-même fut menacé, comme on le voit par la suite des paroles que je viens de rapporter : *ita ut vix nunc ipsum codicem inveniam, quoniam tuam voluntatem, nec petitionem, sed jussionem, contemnere nequeo* (1).

L'auteur se borne dans le *premier* livre à développer la définition de la science qu'il nomme ici *Musica*, à caractériser, à préciser les diverses sortes de mouvements qui, suivant lui, en constituent l'essence.

Il commence ainsi :

« Le maître : *Modus*, quel pied est-ce? — L'élève : Un pyrrhi-
« que. — Le maître : Combien de temps a-t-il? — L'élève
« Deux, etc. »

Le dialogue se continue ainsi jusqu'à la fin du traité.

Pour saint Augustin, *la musique est la science qui apprend à bien moduler*, et *la modulation est la science des mouvements bien ordonnés*. Il vaudrait presque autant dire tout de suite, à ce qu'il semble, que la musique est la science des mouvements bien ordonnés; mais non : une danse lascive est une modulation, non une bonne modulation ; ce n'est point de la musique. La distinction est un peu subtile, soit ; mais je traduis.

Quant au mot *science*, il est nécessaire à la définition. Le rossignol chante admirablement, mais c'est la nature qui le guide ; il

(1) Je dirai, en passant, qu'un abrégé du traité dont il est ici question, en vingt et un chapitres, a été découvert par le cardinal Maï, et inséré par lui dans sa *Nouvelle collection d'écrivains anciens, d'après les manuscrits du Vatican*. Voici comment le savant abbé caractérise cet écrit : *Tam priscum scriptum*, dit-il, *ex Augustino quidem defloratum, sed elocutione variatum, miraque brevitate contractum, nolui prætermittere.*

n'a pas la science : il n'est pas musicien. Les chanteurs de théâtre n'ont en vue que de vains applaudissements et un vil lucre; ils ne cherchent qu'à plaire à leur auditoire, quelque ignare et rustique qu'il soit : ce ne sont point des musiciens. Les joueurs d'instruments ne possèdent pas davantage la science musicale; ils ont acquis une sorte d'art fondé sur l'imitation, ce qui exige le concours de la mémoire et de certaines facultés corporelles; mais la science est toute spirituelle, toute rationnelle.

L'auteur, enfin sorti de cette métaphysique, disserte sur le temps plus ou moins *long* considéré dans le mouvement, sur le rapport des temps comparés entre eux, sur les mouvements *rationnels* ou *irrationnels*, c'est-à-dire sur les mouvements dont les durées peuvent ou ne peuvent pas se comparer les unes aux autres; puis, dans l'hypothèse des durées rationnelles ou commensurables entre elles, du cas où la plus grande est *multiple* ou *superpartielle* de la plus petite, ce que l'auteur appelle des mouvements *connumérés*, et enfin du cas où les durées comparées entre elles ne satisfont à aucune de ces deux conditions, ce qui constitue alors des mouvements *dinumérés*.

Les mouvements, ainsi que les nombres qui représentent leurs rapports, sont en eux-mêmes susceptibles de s'étendre à l'infini; mais certaines convenances imposent des limites à leur accroissement. Ces limites, l'auteur les trouve dans le nombre *dix*, et les fixe ainsi d'après des considérations empruntées aux doctrines pythagoriciennes, et fondées sur les propriétés mystiques du quaternaire; mais elles sont beaucoup plus sérieusement établies sur la sensation, c'est-à-dire sur le plaisir que nous éprouvons à percevoir des mouvements dans lesquels les nombres qui les caractérisent par leurs rapports mutuels ne dépassent pas les limites indiquées.

Ainsi finit le premier livre.

— Le *deuxième* livre traite principalement des *syllabes* et des *pieds*. L'auteur commence par établir en quoi diffèrent le grammairien et le musicien, quant à la nature des jugements que les uns et les autres portent sur ces matières, et notamment sur le vers. Le grammairien n'a d'autre règle de jugement que l'autorité, tandis que le musicien juge d'après ses propres sensations. Cette distinction, dont on comprendra plus tard toute l'importance, sert pourtant déjà à faire pressentir que le caprice seul n'est pas compétent pour établir les règles de la versification.

Vient à ce sujet un paragraphe remarquable que je traduirai presque en entier (p. 64) : la raison de cette préférence sera facile à saisir.

« *Le maître :* Supposons qu'il prenne fantaisie à quelqu'un « d'assembler une multitude de pieds les uns à la suite des au« tres sans y mettre ni limite ni fin, à moins qu'une extinction de « voix ou quelque autre accident n'intervienne, ou bien encore, « que l'on ne s'aperçoive qu'il est temps de passer à un autre « exercice ; donnerez-vous encore à cet assemblage le nom de « vers, eût-il vingt, trente, cent pieds ou plus, suivant qu'il aura « été loisible ou possible de l'exécuter, à celui qui se sera avisé « d'ourdir ce tissu sans fin? — *L'élève :* Non, certes; quand je « verrai des pieds quelconques unis pêle-mêle avec d'autres pieds « quelconques, ou bien une longue file de pieds formant une « chaîne qui ne finit pas, je me garderai bien d'appeler cela un « vers. Il doit y avoir une théorie qui s'occupe du genre et du « nombre des pieds, c'est-à-dire qui enseigne quels pieds et com« bien de pieds il faut pour former un vers ; c'est d'après cette « théorie que je pourrai juger si c'est bien un vers qui aura « frappé mes oreilles. — *Le maître :* Et cette théorie, quelle « qu'elle soit, a dû imposer aux vers une règle et une mesure « qui ne sont pas fondées sur un pur caprice, mais sur quelque « solide raison. — *L'élève :* Si c'est une théorie, il n'est ni con« venable ni possible qu'il en soit autrement. — *Le maître :* Cher« chons donc, si vous voulez bien, et tâchons de découvrir cette « solide raison ; car à ne considérer que l'autorité, un vers sera « ce qu'il a plu d'appeler ainsi à tel poëte ancien, je ne sais qui, « Asclépiade, Archiloque, Sapho, et tant d'autres auteurs dont « les noms ont été imposés à certains genres de vers, par ce seul « motif que ces auteurs ont été les premiers à les remarquer et à « les introduire dans leurs chants. N'est-il pas vrai, en effet, que « les Grecs ont donné à des vers de divers genres, les noms de

« vers asclépiades, archiloquiens, saphiques, et mille autres noms « empruntés à des personnages? d'où il semblerait résulter qu'il « suffit d'arranger comme on veut, tels pieds que l'on veut, et en « tel nombre que l'on veut, pourvu que déjà personne auparavant « n'ait assemblé des pieds dans le même ordre et suivant la même « mesure, pour pouvoir, à bon droit, être appelé créateur et « propagateur d'un nouveau genre de vers. Ou bien, si une pa- « reille licence est interdite à l'homme en général, alors il y « aura lieu de se récrier, et de demander quel était donc le grand « mérite de ces hommes qui, ayant eu la fantaisie de former tels ou « tels assemblages de pieds, sans être guidés par aucune raison, « ont été assez puissants pour faire considérer ces assemblages « comme des vers et pour leur imposer des noms? Que vous en « semble? — *L'élève:* Ce que vous dites est parfaitement juste, « et j'y souscris entièrement : c'est la raison, non l'autorité, « qui crée le vers. »

Suit l'énumération des divers pieds admis dans les vers, pieds de deux, de trois, et de quatre syllabes. Puis, on examine quels sont les pieds qui peuvent s'allier entre eux. D'abord, ce sont les pieds de même espèce ou de même nom ; ensuite, les pieds qui, sans être de même espèce, sont égaux entre eux ou de même mesure, c'est-à-dire ceux qui ont la même durée, pourvu qu'ils soient aussi *battus* ou *frappés* de la même manière. Il est bon d'insister ici, en passant, sur cette *égalité des durées* successives des pieds, pour l'édification de ceux de nos lecteurs qui hésiteraient à croire que dans la pratique, c'est-à-dire dans la lecture, ou du moins dans le chant, *les pieds de la versification ancienne étaient identiquement la même chose que nos mesures musicales.* C'est un point de doctrine sur lequel l'auteur lui-même appuie beaucoup en cet endroit, et qui ressort d'ailleurs avec une entière évidence de tout l'ensemble du traité ; on peut dire, en effet, que l'ouvrage, considéré dans son ensemble, serait vide de sens, si cette égalité pouvait être mise en doute un seul instant.

Il y a un pied qui est exclu du vers : c'est l'*amphibraque*, pied de quatre temps, composé d'une syllabe longue entre deux brèves ; ce pied ne peut s'allier, ni avec les autres pieds de quatre temps, ni davantage avec lui-même, parce qu'il n'admet aucune division convenable, le rapport de 3 à 1 n'étant point apprécié par l'oreille avec une facilité suffisante.

Nous voici arrivés au partage du pied en deux parties, *le levé* et *le posé, levatio et positio*, ce que les Grecs nommaient *l'arsis* et *la thésis*, ce qui est pour nous le *temps faible* et le *temps fort*. Je n'insiste point ici sur cet objet qui a été suffisamment développé ailleurs.

Le deuxième livre se termine par les quatre vers suivants, que je crois devoir rapporter comme propres à prouver, s'il était nécessaire, la compétence du saint évêque, c'est-à-dire à faire voir qu'il savait allier l'exemple au précepte, et la pratique à la théorie

« Volo tandem tibi parcas, labor est in chartis,
« Et apertum ire per auras animum permittas.
« Placet hoc nam sapienter, remittere interdum
« Aciem rebus agendis decenter intentam. »

— Le *troisième* livre a pour objet d'établir bien exactement ce que c'est que le *rhythme*, le *mètre* et le *vers*, en traitant particulièrement du rhythme.

Voici à peu près, sauf la forme dialoguée que je supprime, le mot à mot des paroles de l'auteur (p. 82). « On peut, en accou-« plant des pieds, créer un *nombre* (mouvement cadencé) con-« tinu où l'on n'aperçoive aucune fin certaine ; comme lorsque « les symphoniastes frappent du pied les escabeaux ou les cym-« bales, en observant des nombres déterminés et susceptibles de « flatter agréablement l'oreille par leurs alliances, mais toutefois « en suivant une marche continue, et de telle sorte que, si l'on « n'entendait pas les flûtes, il fût impossible de marquer jusqu'où « s'étend cet enchaînement de pieds, et où il s'arrête pour venir « recommencer. Que, par exemple, on veuille faire succéder « les uns aux autres par un enchaînement continu, cent ou plus, « ou enfin tel nombre que l'on voudra de pyrrhiques ou d'autres « pieds qui présentent entre eux de l'affinité : c'est là ce que les « Grecs nomment ῥυθμός, *rhythme*, et les latins, *numerus*, *nom-« bre*. »

« Au contraire, on peut admettre un enchaînement de pieds, « tel, que l'on sache jusqu'où il doit aller et où il doit s'arrêter « pour venir recommencer : c'est ce qui est nommé μέτρον, *mètre*, « en grec, et *mensura*, *mesure*, en latin. »

« Tout mètre est rhythme à cause de l'enchaînement rationnel « de ses pieds ; mais le mètre a ce que le rhythme proprement « dit n'a pas : une *terminaison saillante* qui arrive à un rang dé- « signé. Aussi tout rhythme n'est-il pas mètre. »

Vient ensuite une autre distinction du mètre en deux espèces, suivant qu'il admet ou qu'il n'admet pas une coupure qui le partage en deux membres distincts. Lorsque le mètre admet cette coupure ou césure, il prend en outre le nom de *vers ;* il conserve exclusivement celui de mètre dans le cas contraire.

De sorte qu'en résumé : 1° tout mètre est rhythme, mais tout rhythme n'est pas mètre ; 2° tout vers est mètre, mais tout mètre n'est pas vers ; et enfin 3° tout vers est à la fois rhythme et mètre.

L'auteur, voulant d'abord traiter du rhythme en particulier, abstraction faite du mètre et du vers, nous avertit en passant, d'une manière indirecte (p. 88), que, dans la rhythmique, on ne prend les mots comme exemples des divers pieds, que pour bien fixer les idées sur ceux-ci ; mais qu'au fond les mots ne sont rien, qu'il faut en faire pleinement abstraction, et considérer uniquement les durées des syllabes, au moyen desquelles se composent des durées de temps égales entre elles, distinguées les unes des autres par des battements de mains.

J'ajouterai aussi, en passant, que la confusion du rhythme et du mètre est une des erreurs capitales de l'école d'Hermann. Voyez Aristide Quintilien : cet auteur distingue soigneusement la rhythmique (p. 31-43) de la métrique (p. 47-58); et il traite de l'une et de l'autre tout à fait séparément. Pour cette dernière science, les pieds, considérés isolément, n'admettent d'autre division que celle qui résulte de la longueur et de la brièveté des syllabes qui les composent ; c'est dans la première, et dans celle-là seule, que l'on considère une série indéfinie de pieds *égaux entre eux*, tous partagés, dans un rapport constant, en deux par-

*

ties nommées *arsis* et *thésis*. Ainsi, c'est la division du pied e arsis et thésis qui caractérise essentiellement le rhythme ; et cett division ne signifierait rien de plus que ce qu'elle peut signific dans le discours oratoire et dans la prose en général, si déjà l'o n'avait, tout établie, une suite de pieds égaux entre eux. J'ose don dire qu'en introduisant l'arsis et la thésis dans la métrique, l où les pieds sont généralement inégaux entre eux, on donne cette science une base imaginaire, ou plutôt, on crée une pré tendue science radicalement inintelligible, parce que les élé ments en sont contradictoires.

Le rôle de la métrique est exclusivement d'étudier la dispositio des syllabes en tant qu'elles sont longues ou brèves et dans le rap port supposé constant de 2 à 1. Quant à la rhythmique, lorsqu'o l'applique à un poëme ou à des paroles quelconques, elle repren en sous-œuvre la matière préparée par la métrique; puis, a moyen de l'allongement et du raccourcissement de certaines sylla bes, s'aidant en outre de l'artifice des temps vides ou silence qu'elle introduit convenablement entre les syllabes ou qu'elle leu donne pour complément (comme nous allons le voir tout à l'heure) elle parvient à former des suites de mesures égales et divisible suivant les divers rapports qui constituent les diverses espèce du rhythme. Tel est le sens de ce passage de Longin, que j'ai e l'occasion de citer ailleurs (1) : Ὁ ῥυθμὸς, ὡς βούλεται, ἕλκει του χρόνους— ou de celui-ci d'Aristide Quintilien : Ὁ ῥυθμὸς πλάττει αὐτ τὸ μέλος (2). — Mais revenons à saint Augustin.

---

(1) Notices et extraits des manuscrits, tome XVI, 2e partie, p. 159

(2) *Ibid.*, p. 198. Au lieu de ces phrases, j'ai cité par erreur (second lettre à M. Rossignol, *Journal de l'instruction publique*, 6 mars 1847), les mots ῥυθμὸς πλάττει τὸ μέτρον, comme étant empruntés à Suidas. Depuis lors, cherchant à vérifier cette citation, je me fais un devoir de dire que je ne l'ai retrouvée, ni dans cet auteur, ni dans mes notes. Au surplus, que le mètre soit traité par les rhythmiciens comme une matière ductile, plastique et élastique, c'est ce qui résulte surabondamment de tous les passages allégués ; et celui que j'ai attribué à Suidas ne prouverait rien de plus que les autres.—Je prie le lecteur d'observer que cette erreur ne se trouve point dans le volume cité des *Notices et extraits*.

L'auteur examine, en continuant son *troisième* livre, quels sont es pieds qui, soit pris isolément, soit combinés entre eux, peu-ent former un rhythme continu.

Le *pyrrhique*, composé de deux brèves, ne peut s'allier à aucun utre pied.

Le *spondée*, de deux longues, peut être allié au *procéleusmatique*, le quatre brèves, au *dactyle*, à l'*anapeste*. Ce sont là tous les pieds le quatre temps, moins l'amphibraque (une longue entre deux rèves) qui se trouve exclu, comme on l'a dit plus haut, parce u'il n'admet pas la division en deux parties égales.

Le *tribraque* (trois brèves) s'allie à l'*ïambe* et au *trochée* ; mais eux-ci ne peuvent s'allier entre eux, parce que, malgré leur éga-ité, ils n'admettent pas le même mode de division. En effet, ïambe a son arsis d'*un* temps et sa thésis de *deux* temps, tandis ue dans le trochée, au contraire, l'arsis a *deux* temps et la thé-is *un* seul. Or, comme on l'a déjà dit, il ne suffit pas que les ieds soient égaux : il faut encore qu'ils puissent être frappés de a même manière.

Le *crétique* (une brève entre deux longues) s'allie à tous les ieds de cinq temps, admettant avec les uns une arsis de trois emps et une thésis de deux, avec les autres une arsis de deux emps et une thésis de trois.

Dans ces substitutions mutuelles des pieds les uns aux autres, a syllabe longue peut toujours être remplacée par deux brèves. es divers pieds qui résultent de cette modification, le principal, u celui qui détermine le genre et lui donne son nom, est toujours elui qui a le plus de syllabes longues et par conséquent le moins e syllabes brèves, et, en résumé, celui qui est composé du moins rand nombre de syllabes possibles ; c'est ainsi, par exemple, que e spondée, le dactyle, l'anapeste, constituent le genre spon-aïque, etc., etc.

Aucun pied ne peut avoir une plus grande valeur que celle de uatre syllabes longues ; et aucun pied de plus de quatre sylla-es, tant longues que brèves, ne peut constituer un genre.

Quant au mètre, voici sa définition (p. 104) :

« Quand on prononce ou quand on chante quelque chose qui

« a une fin déterminée et qui a plus d'un pied, si, par la marche « naturelle et avant toute considération de nombre, il s'y trouve « une certaine égalité qui flatte l'oreille, cela suffit; c'est un « mètre. Il peut y avoir moins de deux pieds; ce n'est point « un obstacle, pourvu qu'il y en ait plus d'un, et que l'on « ajoute, pour compléter le second pied, un silence convenable « et égal aux temps qui lui manquent. L'oreille accepte le tout « pour deux pieds véritables, parce qu'avant de revenir au com- « mencement, il y a une valeur totale de deux pieds, y compris « la mesure exacte que l'on aura donnée au silence complémen- « taire du son. »

Maintenant, le vers, comme nous l'avons dit, est composé de deux membres; ces deux membres doivent être inégaux, sans quoi l'on ne pourrait, dans une suite de vers, distinguer le commencement des vers du commencement des seconds membres. Chaque membre ne peut avoir moins de *trois* temps puisqu'il doit avoir plus d'un pied; donc le vers ne peut avoir moins de *sept* temps; ajoutons un silence d'*un* temps pour compléter le pied: cela fait en tout *huit* temps pour la durée totale du moindre vers.

En d'autres termes, le moindre mètre est de *deux* pieds, et le moindre vers de *quatre* pieds.

Quant à la limite supérieure, l'auteur la fixe, toujours en vertu des propriétés du quaternaire, à *trente-deux* temps ou à *huit* pieds, soit pour le vers, soit pour le mètre.

Telles sont les conclusions du troisième livre.

—Dans le livre *quatrième*, on continue à disserter sur le mètre.

La dernière syllabe d'un mètre est indifférente, à cause du silence qui le termine toujours.

L'auteur applique les principes précédemment exposés aux divers mètres, pyrrhiques, ïambiques, trochaïques, spondaïques.

Les pieds de *cinq* et de *sept* temps ont une marche moins agréable que ceux qui se divisent, soit en parties égales, soit dans le rapport de 2 à 1.

Que peut-on poser après une suite de pieds complets, pour finir le mètre agréablement? Par exemple, après une suite de *créti-*

ques, pieds de *cinq* temps composés d'une brève entre deux longues, on peut poser une syllabe longue et un silence de *trois* temps, ou un ïambe et un silence de *deux* temps, ou un spondée et un silence d'*un* temps.

L'ïambe ne va pas bien après le ditrochée, ni le spondée après l'antispaste, parce que le rapport de l'arsis à la thésis se trouve contrarié par ces sortes de terminaisons.

L'auteur récapitule le nombre de mètres que peut fournir l'application de ses principes ; il arrive au nombre 568.

Il expose ensuite et développe une doctrine extrêmement remarquable, généralement méconnue jusqu'ici, savoir : la doctrine de *l'interposition des silences*, non-seulement à la fin des mètres, mais au commencement, et *partout où le besoin s'en fait sentir* pour l'égalisation des divers pieds.

Intelligas licet partes pedum non solum in fine poni sed etiam in capite metrorum (p. 133)...... *Posse metrum incipere a parte pedis, et desinere ad plenum pedem, sed nunquam sine silentio* (p. 134)...... *Hoc quoque adjungamus arti, ut non solum in fine, sed et ante finem cum oportet sileamus* (p. 135).

Du reste, la somme des silences, ajoutée à celle des pieds incomplets, doit toujours équivaloir à une somme de pieds complets.

De plus, dans l'intérieur du mètre, chaque silence ajouté ne peut l'être qu'après un mot complet ; et même, quand il s'agit d'un chant sur des paroles et non pas seulement de musique instrumentale ou de solmisation : *in his numeris qui non verbis fiunt sed aliquo pulsu vel flatu, vel ipsa etiam lingua* (p. 138), dans ce cas, dit l'auteur, un silence ne peut être ajouté qu'après une syllabe longue ; sans quoi, l'effet de ce silence serait de rendre longue la syllabe brève qui précède, ce qui produirait l'effet d'une faute de quantité (p. 139). Par exemple, dans le vers pentamètre, le premier hémistiche, composé de deux pieds et demi, doit se terminer par une syllabe longue à cause du silence de deux temps qui vient immédiatement à la suite (1). La prescrip-

(1) Ceci résout, je pense, sur la manière de mesurer le vers pentamètre, une question qui paraissait être restée à l'état de controverse.

tion précédente est remarquable en ceci, qu'elle tend à faire considérer le silence comme une addition faite à la quantité de la syllabe qui le précède, conformément à l'énoncé donné par d'autres auteurs qui attribuent au rhythme la faculté de faire des syllabes de plus de deux temps.

L'auteur distingue encore des silences forcés et des silences volontaires. Les premiers ont nécessairement lieu toutes les fois que le mètre n'est pas composé de pieds complets et d'égale longueur ; et ils doivent avoir pour valeurs les fractions complémentaires des pieds incomplets. Quant aux silences volontaires, ils peuvent avoir des durées quelconques : ils peuvent donc avoir la valeur de pieds complets, et alterner ainsi avec des pieds effectifs ; alors, si cette alternative devenait périodique, ce ne serait plus des mètres que l'on aurait, mais des rhythmes, puisqu'il n'y aurait plus moyen de savoir où ils commencent ou finissent. Enfin, les silences volontaires peuvent même dépasser pour chacun la longueur d'un pied complet. Mais les silences forcés n'occupent jamais, comme nous l'avons dit, que des fractions de pieds.

L'auteur applique sa théorie à divers exemples, et fait voir sur quelques-uns, qu'au moyen des silences volontaires placés en tel ou tel lieu, et cela de plusieurs manières différentes, le même mètre peut être rapporté, soit à tel genre, soit à tel autre. Il serait trop long de reproduire ici ces exemples ; du reste, il n'y a pas plus de difficulté à comprendre cette théorie des temps vides que l'on place où l'on veut après une syllabe longue pour égaliser les pieds ou les mesures musicales, qu'il n'y en a à admettre que les mêmes paroles peuvent être chantées sur des airs différents.

L'auteur, avant de terminer ce quatrième livre, insiste de nouveau, tant sur les assemblages des pieds, que sur l'intercalation des silences qui peuvent produire des suites de mesures égales ; il dit deux mots des systèmes de pieds et de mètres propres à constituer des strophes lyriques : c'est ce qu'il appelle simplement *circuit*, ou *période* d'après les Grecs. Ces mètres, dont tous les pieds doivent s'accorder dans le genre de battement, c'est-à-dire dans le rapport de l'arsis à la thésis, peuvent différer cependant, soit par le nombre ou par la nature des pieds qui les composent, soit par la durée des silences qui doivent les séparer les uns des autres. *Une période* doit avoir au moins deux mètres (cela est évident) et *ne peut avoir plus de quatre mètres.* Il y a donc lieu de distinguer, comme le dit formellement l'auteur, *trois* sortes de périodes, ni plus ni moins, des *périodes à deux membres*, des *périodes à trois membres*, et des *périodes à quatre membres ;* toute période plus longue cesse d'appartenir à la métrique, évidemment parce que sa complication dépasse les limites de la mémoire, lorsque la mémoire n'est pas secondée par un élément plus caractéristique et plus saisissable, *la mélodie.*

L'auteur revient sur le nombre des mètres possibles, nombre qu'il avait fixé à 568 ; mais maintenant, ayant égard aux silences que l'on a le droit d'y intercaler, aux pieds qui peuvent se substituer les uns aux autres, à la résolution admissible des longues en deux brèves, il conclut que le nombre des mètres possibles est incalculable. « Toutefois, ajoute-t-il, il ne suffit pas, pour la parfaite « intelligence d'un vers, pour que la cadence en soit bien sentie, « enfin pour que notre théorie soit vérifiée sur tous les points, il « ne suffit pas qu'un poëte, en composant des exemples tels que « ceux que nous avons donnés, en sanctionne en quelque sorte « par là l'existence ; il ne suffit pas qu'en toute rigueur l'oreille « les tolère ; il faut encore que la prononciation d'un homme sa- « vant et exercé en fasse ressortir le rhythme, et que l'auditoire « ait le goût assez cultivé pour en sentir et apprécier l'harmo- « nie : » *Quanquam ea (exempla) et poeta in efficiendo approbet, et in audiendo natura communis ; tamen nisi ea docti et exercitati hominis pronunciatio commendet auribus, sensusque audientium non sit tardior quam humanitas postulat, non possunt ea quæ tractavimus, vera judicari* (p. 151).

—L'auteur commence son *cinquième* livre en rappelant les définitions déjà données du rhythme, du mètre, et du vers. Il ajoute, toutefois, que le mot *vers* est toléré pour désigner le mètre dépourvu de césure.

Les deux membres dans lesquels se divise le vers doivent être inégaux ; sans quoi, dans une suite de vers, on ne saurait où est le véritable commencement de chacun ; néanmoins, ces deux membres doivent approcher le plus possible de l'égalité. Par exemple, pour un vers de *six* pieds, le partage sera en 5 et 7 demi-pieds.

Le vers doit avoir une terminaison remarquable; sans quoi il n'y a pas de vers. Cette terminaison remarquable, l'auteur la fait consister dans la troncature d'un pied, ce qui amène un *silence nécessaire* pour compléter le pied tronqué.

Au premier abord, le vers héroïque paraît s'écarter de cette règle; mais l'auteur n'a pas de peine à l'y faire rentrer, en établissant, malgré la méthode généralement admise de scander ce vers par dactyle et spondée, que l'anapeste doit être substitué au dactyle. Alors, commençant par une syllabe longue qu'il isole, et comptant à la suite 5 anapestes ou spondées, il trouve à la fin, pour clore le vers, la syllabe surabondante qu'exige la loi énoncée. A cet égard, le saint auteur affirme que malgré le préjugé, et nonobstant une certaine apparence de paradoxe, *non facile ista populo persuadentur*, la règle qu'il établit n'est pas aussi nouvelle qu'elle peut le sembler : *Neque nunc a nobis primum inventa est, sed multo est hæc inveterata consuetudine antiquius animadversa. Quare, si eos legant qui vel in græca vel in latina lingua disciplinæ hujus doctissimi fuerunt, non mirabuntur nimis qui forte hoc audierint* (p. 163). Il revient encore plus loin sur le même sujet : *Heroïcum quod usus metitur spondeo et dactylo, subtilior ratio spondeo et anapæsto* (p. 174) (1). Je ne laisserai pas échapper

---

(1) Il applique la même préférence au trochée par rapport au vers ïambique. — Ce passage de saint Augustin est fort digne de remarque ; Héphestion, le plus ancien des métriciens, le seul dont l'autorité ait quelque valeur, ne fait aucune mention de cette théorie. Il est donc évident que saint Augustin suit ici des grammairiens qui ne sont pas parvenus jusqu'à nous. Mais ce n'est pas tout : depuis que ceci est écrit, ayant eu l'avantage de recevoir d'un illustre membre de l'Académie des Inscriptions que je n'ai pas besoin de désigner, une importante communication sur les règles de versification de la poésie sanscrite, j'ai pu me convaincre que ces habitudes ne sont pas particulières à la poésie grecque et à la poésie latine, et qu'elles remontent beaucoup plus haut qu'on ne serait porté à le supposer : c'est un sujet de recherches que je n'aurai garde de laisser échapper, et sur lequel je compte bien revenir en temps opportun.

l'occasion de faire remarquer que cette règle, donnée par saint Augustin pour mesurer le vers héroïque, aboutit, du moins quant au second hémistiche, à un résultat identique à celui que j'ai obtenu, tant dans ma dissertation sur le rhythme, que dans le tome XVI des *Notices*, 2e partie, p. 208. Et quant au premier hémistiche, ce qui me paraît une nouvelle preuve à l'appui de cette assertion qu'il doit être suivi d'un silence obligé, c'est que la césure, partageant en cela les propriétés de la fin du vers, a aussi le pouvoir de rendre longue une syllabe brève. D'ailleurs, le silence de la fin du vers, devant, avec la syllabe longue qui le commence, former un pied complet, il résulte de ce qui précède, qu'il doit y avoir encore quelque part ailleurs (et ce ne peut être qu'à la césure) un autre silence d'un demi-pied. En outre, il n'est point hors de propos de rappeler ici que cette manière de scander le vers hexamètre, ou de le lire (car alors c'est tout un), a la propriété, quant au latin, de faire porter le temps fort du pied sur la syllabe accentuée, conséquence dont il est facile de reconnaître toute l'importance.

Ainsi donc, règle générale, le second membre d'un vers doit invariablement se composer d'un nombre impair de demi-pieds (1): *Lex vetat membrum posterius pari numero constare semi-pedum, ne pleno pede versus terminetur* (p. 165).

L'auteur entre ensuite dans de nouveaux détails sur le rapport des deux membres dont se compose le vers, suivant le nombre de leurs demi-pieds. Puis il examine les propriétés particulières des vers de *six* pieds, *senarii*. Parmi ceux-ci, il accorde une grande supériorité aux vers héroïques et aux vers ïambiques, et il rejette ceux qui ne seraient composés que d'épitrites, d'abord parce que cette sorte de pieds convient particulièrement à la prose, et ensuite parce que six pieds épitrites formeraient une somme supérieure à *trente-deux* temps. Les pieds de *cinq* temps doivent être également exclus pour la première raison, et les

(1) Demi-pied s'entend ici par fraction de pied : *omnes isti non pleni pedes semipedes nuncupantur* (p. 183) : moyennant quoi l'énoncé s'applique à toute espèce de vers.

pieds de *six* temps pour la seconde. Quant aux vers qui ne présentent que des brèves, et ne sont composés que de pyrrhiques, de procéleusmatiques, ou de tribraques, comme aussi les vers qui ne sont formés que de spondées, sans être entièrement à rejeter, ils n'ont ni la dignité, ni la convenance des vers où entrent les deux sortes de syllabes, brèves et longues, et par conséquent ils doivent céder le pas à ces derniers.

L'auteur parle ensuite des vers ïambiques ou trochaïques, des pieds, différents de l'ïambe et du trochée, qu'il est permis de mêler à ceux-ci, puis de la méthode de scander par dipodies, et par suite de l'emploi du vers de huit pieds, dit vers tétramètre. Il remarque avec raison que ces vers mélangés présentent un avantage dans les comédies, *in fabulis*, c'est à savoir, qu'ils imitent l'allure de la prose, *solutæ orationi simillima* (p. 179).

Il ajoute, en faveur du vers de six pieds en général, diverses considérations fondées sur les propriétés mystiques des nombres, considérations plus ou moins puériles et que je passe sous silence, attendu qu'elles n'intéressent nullement la métrique.

Il revient, dans une sorte d'épilogue qui termine ce cinquième livre, sur le partage du vers en deux membres, et sur les périodes employées par les poëtes lyriques, périodes composées de vers ou de mètres, au nombre de *quatre au plus;* on se rappelle que les compositions qui ne satisfont pas à cette condition *sine qua non* sont classées parmi les rhythmes.

—L'ouvrage a un *sixième* livre dont voici le titre : *Liber sextus : in quo ex mutabilium numerorum in inferioribus rebus consideratione evehitur animus ad immutabiles numeros qui in ipsa sunt immutabili veritate* (p. 185). L'auteur eût pu lui donner pour épigraphe :

Ἀείδω ξυνετοῖσι· θυράς δ' ἐπίθεσθε βέβηλοι....

Aussi, je m'arrête sur le seuil du tabernacle (1).

---

(1) En m'applaudissant d'avoir échappé, sans le savoir, à une accablante comparaison, je me félicite de pouvoir, au sujet de ce 6e livre, offrir au lecteur un ample dédommagement, en le renvoyant à l'éloquent *Tableau de l'éloquence chrétienne au quatrième siècle*, publié tout récemment (1849) par M. Villemain (p. 428-435).

CONCLUSIONS.

Dans plusieurs écrits qui ont précédé celui-ci (1), j'ai émis l'opinion que les poëmes de Pindare, ceux du moins que nous connaissons, n'étaient ni des vers ni des mètres, ces mots étant pris, bien entendu, dans le sens que les anciens donnaient aux mots στίχος ou *versus*, μέτρον ou *mensura*. Je croyais avoir suffisamment expliqué les raisons sur lesquelles se fondait ma manière de voir. Cependant, si l'on en jugeait uniquement par deux articles insérés, sans nom d'auteur, dans les numéros 98 et 100 de la *Revue de l'instruction publique*, et où l'on rend compte d'une discussion soulevée à ce sujet entre un savant professeur, M. Rossignol, et moi, il paraîtrait que mes démonstrations n'ont été, ni appréciées, ni comprises. En effet, que m'objecte-t-on? d'abord (p. 1168, col. 3), que *les questions où, comme ici, il s'agit du fond des choses, ne doivent pas être résolues par l'érudition pure ou le feuilletage* (sic) *des vieux livres*. Puis, on veut bien me dire que *c'est en invoquant l'expérience et la sensation, qu'on doit établir quels sont les éléments qui constituent le rhythme, qui forment le mètre, qui font les vers;* enfin, l'on pousse l'obligeance jusqu'à me recommander surtout (*ibid.*, p. 1169, col. 3) *la méthode qui fait chercher la solution d'une difficulté dans l'essence même de la chose, et non pas seulement dans les textes*. Alors, l'auteur des articles cités, pour compléter sa leçon, explique ce qu'il entend lui-même par les mots *rhythme*, *vers*, *mètre*. Je ne m'arrêterai point à discuter ces définitions, par la raison, j'en demande bien pardon au critique anonyme, qu'en

(1) 1° De la musique dans la tragédie grecque, à l'occasion de la représentation d'Antigone. (*Journal général de l'instruction publique*, 28 août 1844.)

2° Dissertation sur le rhythme chez les anciens. (*Ibid.*, 3 décembre 1845.)

3° Lettre à M. Rossignol sur le vers dochmiaque. (*Ibid.*, 22 août 1846.)

4° Seconde lettre à M. Rossignol, sur le rhythme, etc. (*Ibid.*, 6 mars 1847.)

5° Notices et extraits des manuscrits, etc.

me reprochant implicitement de traiter mal, ou même de ne pa traiter du tout la véritable question, il se place lui-même entière ment à côté (1). En effet, s'agit-il ici de savoir ce que lui, ou mo

---

(1) Encore ne puis-je me dispenser de rappeler à mon critique, qu je traite essentiellement du *rhythme musical*, et que, par conséquen sa définition (p. 1169, col. 1re), dans laquelle il fait intervenir l'*accen tuation* des syllabes, tombe tout à fait en dehors de la question.

En général, ses articles paraissent rédigés avec une grande précipit tion. Ainsi, p. 1134, col. 2, n° 3, il nous dit qu'à la fin du vers ïambiqu *au lieu de l'ïambe on admettait le trochée.* Mais l'auteur, reconnai sant qu'il s'était trompé, glisse, dans le numéro suivant (p. 1157), u petit *erratum* où il dit qu'au lieu de *trochée*, il a voulu dire *pyrrhiqu* A la bonne heure, mon cher critique; mais alors, convenez que votr argumentation s'évanouit entièrement; car, qui ne sait que la dernièr syllabe d'un vers est toujours *ad libitum?* Il fallait donc avoir le courag de faire une confession complète.

Autre distraction de l'auteur (p. 1168, col. 2), au sujet d'un passag de Marius Victorinus que j'ai traduit ainsi : *l'arsis est le soulèvement d pied sans bruit, la thésis est l'abaissement du pied avec bruit ou cho* « Notre auteur, dit la *Revue*, *paraît croire* que *sono* désigne ici l'inten « sité de la parole. Il explique donc cette phrase (c'est toujours la *Revu* « qui parle), comme si Victorinus avait voulu dire que l'arsis éta « l'élévation du pied *sine sono* (vocis), sans que la voix se fasse entendr « et que la thésis en est l'abaissement, *cum sono* (*vocis*), *avec une aug* « *mentation dans le volume de la voix.* » J'en appelle à la justice et au bo sens du lecteur ; ai-je rien dit qui ressemble à ce que la *Revue* me prêt ici, rien qui puisse me rendre responsable de ces deux parenthèse où l'auteur insinue traîtreusement le mot *vocis?* Vraiment, je ne pui me défendre de rendre, à l'honorable écrivain, conseil pour consei et de lui dire que pour critiquer un écrit avec justesse, et surtout ave fruit pour le lecteur, il faudrait le lire avec plus d'attention ; que pou avoir le droit de poser ou de contester tel ou tel point de fait, il faudra d'abord avoir étudié les auteurs qui ont traité le sujet dont il s'agit. E quant au rhythme en particulier, comment peut-on s'aventurer à e parler sans avoir lu Aristide Quintilien ? A cet auteur, je joindrai pareil lement saint Augustin : que l'on parcoure le traité *De musica*, et l'o verra s'il est possible de douter que le rhythme des anciens, en mu sique et en poésie, fût autre chose que notre mesure musicale.

En citant cette pensée d'Aristide Quintilien : *le rhythme est le mâle, l mélodie n'est que la femelle*, j'avais cru devoir appliquer à cette phrase l qualification d'*énergique*. « Ce langage prétendu énergique, s'écrie mo critique indigné, n'est au fond qu'un langage insensé ! » et il ajoute

ou tout autre, entend actuellement par les mots *mètre, rhythme, vers?* nullement; mais bien d'examiner, en premier lieu, ce que les anciens théoriciens entendaient par ces mots, leurs idées sur ces choses fussent-elles aussi contestables, aussi fausses même qu'on voudra le supposer; et en second lieu, si tel ou tel œuvre, si les poëmes de Pindare ou de tel autre, si les chœurs des tragiques, satisfont aux définitions que ces mêmes théoriciens ont données. Telle est la position que je me suis faite et d'où je ne veux point sortir; et il y a d'autant plus lieu de s'étonner que mon honorable critique ait ainsi déplacé la question, que lui-même, dans le premier article cité (p. 1134, col. 3, 4°, à la fin), article sans doute oublié de son auteur, l'avait posée à peu près dans les mêmes termes que je viens de le faire. Pour en venir tout de suite aux faits, je me crois plus que jamais autorisé à dire : *Non, les poëmes de Pindare, non, les chœurs des tragiques ne sont ni des vers ni des mètres*, au point de vue des anciens. Est-ce à dire pour cela qu'il n'y faille voir que de vile prose? loin de moi un pareil blasphème : *Non*, certes, *les poëmes de Pindare ne sont pas de la prose.* Là-dessus, triomphe du critique qui me renvoie au précepteur du bourgeois gentilhomme, suivant lequel *ce qui n'est pas prose est vers, et ce qui n'est pas vers est prose*, à moins qu'*on ne prenne les mots français dans un autre sens que tout le monde* (*ibid.*, p. 1136, c. 2). Vraiment, j'ai peine à comprendre comment l'auteur, qui se pose ici en professeur *in utroque*, et qui paraît vouloir rester sérieux, a pu écrire ces phrases. Sans doute, s'il s'agissait de la littérature française, qui n'admet en effet que ces *deux formes de langage exclusives l'une de l'autre* (*ibid.*), le dilemme serait admissible; mais n'oublions donc pas que nous sommes sur le terrain du latin et du grec, où *le mètre n'est pas vers* (ci-dessus), *et cependant n'est pas prose* ; il en est de même du rhythme, qui n'est ni vers ni mètre (en général), et qui non

---

« comme le sera toujours le style métaphorique appliqué aux sciences. » Ajoutez donc : *et aux beaux-arts, et à la poésie!* alors, au moins, vous serez dans la question.

plus n'est pas prose. Comment notre docteur ne s'aperçoit-il pas qu'il tombe ici dans le sophisme de l'*énumération incomplète?*

Concluons donc, conformément à la théorie de saint Augustin, et répétons ce que nous avons déjà dit plusieurs fois, savoir : que *Les membres suivant lesquels sont divisés dans nos éditions les poëmes de Pindare et les chœurs des tragiques ne sont point des mètres :*

1° Parce que ces membres ne se terminent pas d'une manière saillante par des fractions de pieds après lesquels on puisse établir des silences (car comment établir des silences au milieu des mots ?);

2° Parce que les strophes contiennent plus de quatre membres ;

Enfin, 3° *les divisions admises par M. Boëckh ne sont pas des mètres*, parce que le nombre de leurs temps dépasse trente-deux et n'est point soumis à une limite déterminée.

Qu'est-ce donc que les poëmes de Pindare et les chœurs des tragiques ? Je l'ai déjà dit et je le répète : quant à la facture, ce sont *des rhythmes*, ῥυθμοί ; quant à l'exécution, ce sont *des chants* μέλη. C'est un genre de composition qui n'a pas d'analogue dans la littérature moderne ; de là, la difficulté pour nous de le bien concevoir. Ce sont des poëmes où la musique, si elle n'y domine pas d'une manière absolue, joue du moins un rôle prépondérant où les paroles sont composées, soit en même temps que la musique, soit sur la musique, ce qui est nécessairement le cas de l'ode au moins pour l'antistrophe et pour toutes les strophes qui suivent la première (1).

Le mélos est exclusif du mètre : M. Havet, en rendant compte de mon ouvrage sur la musique des Grecs, dans le *Journal de l'instruction publique* (22 juillet dernier), a cité un passage de Démosthène qui le fait voir clairement; on pourrait en citer bien d'autres.

---

(1) Cette influence de la musique sur la forme poétique a été savamment développée par K.-O. Muller, dans son Histoire de la littérature grecque. (Voy. notamment le ch. XII. — Voy. aussi Plutarque, *de Musica*. — Enfin, voy. Denys d'Halic., *de l'Arrangement des mots*, § XIX.)

Suidas (Arion) : Λέγεται καὶ τραγικοῦ τρόπου εὑρετὴν γενέσθαι καὶ ρῶτος χορὸν στῆσαι καὶ διθύραμβον ᾆσαι, καὶ ὀνόμασαι τὸ ᾀδόμενον τὸ τοῦ χοροῦ, καὶ Σατύρους εἰσενέγκεῖν ἔμμετρα λέγοντας...

Denys d'Halic. (*Ibid.*), Ἐν τοῖς μὲν οὖν τὰ μέτρα καὶ τὰ μέλη ράφουσιν......

Aristote (poët. VI) : Ἔστιν οὖν τραγῳδία μίμησις πράξεως σπουδαίας αὶ τελείας, μέγεθος ἐχούσης, ἡδυσμένῳ λόγῳ, χωρὶς ἑκάστου τῶν εἰδῶν τοῖς μορίοις..... Λέγω δὲ ἡδυσμένον μὲν λόγον, τὸν ἔχοντα ῥυθμὸν αὶ ἁρμονίαν καὶ μέλος. Τὸ δὲ χωρὶς τῶν εἰδῶν, τὸ διὰ μέτρων ἔνια όνον περαίνεσθαι, καὶ πάλιν ἕτερα διὰ μέλους.

Le même (probl., XIX, 31) : Διὰ τί οἱ περὶ Φρύνιχον ἦσαν μᾶλλον ελοποιοί, ἢ διὰ τὸ πολλαπλάσια εἶναι τότε τὰ μέλη ἐν ταῖς τραγῳδίαις ῶν μέτρων;........ Rien, à ce qu'il me semble, ne peut être plus ormel que ce dernier passage surtout; car si les μέλη pouvaient tre en même temps des μέτρα, il s'ensuivrait ici que le tout erait moindre qu'une partie.

Observons d'ailleurs que Plutarque (*de Musica*, ch. V), parlant e Pindare et d'Alcman, les qualifie ainsi : οἱ τῶν μελῶν ποιηταί : t rappelons-nous cette interrogation (déjà citée *Journal de l'in-ruction publique*) rapportée par le scoliaste de Pindare, et ue l'on adressait à ce poëte : διὰ τί μέλη γράφων.....;

Mais ce n'est point assez ; à cette question : *qu'est-ce donc que s poëmes de Pindare?* je crois que l'on peut aujourd'hui répon-re d'une manière plus satisfaisante qu'en disant simplement ce u'ils ne sont pas. J'ai donné dans l'ouvrage cité (*Notices*, etc., . 157), un fragment de la musique de la première pythique, dé-ouvert par Kircher dans le couvent du Saint-Sauveur, près de lessine. Sans répéter ici toutes les remarques auxquelles il a déjà onné lieu, je dirai néanmoins que l'authenticité de ce fragment appréciable, qui est une véritable révélation, est prouvée par a composition même. Il eût fallu, en effet, que le faussaire dont il erait l'œuvre, fût préalablement initié au secret des diverses cir-onstances que présente le context des paroles, et qu'une étude pprofondie a pu seule y faire découvrir (1), tant celles que j'ai

(1) Mes premières communications à l'Académie, sur cet objet, re-montent au 28 juin 1838. (Voir le journal *L'Institut.*)

déjà signalées et sur lesquelles je n'ai point à revenir ici, que d'autres dont il me reste à parler, circonstances vraiment étonnantes, et qui le seraient encore bien plus si elles étaient l'effet du hasard ou le résultat d'une fraude. D'abord, le fragment présente une division bien tranchée en trois phrases poétiques et musicales d'inégale longueur, offrant un sens complet dans toutes les strophes et antistrophes, et formant un quatrain des anciennes éditions : on peut les appeler *stances*. La première stance comprend les deux premiers vers dans lesquels M. Boëckh a divisé la strophe entière ; la deuxième stance comprend les trois vers suivants ; enfin, le sixième et dernier vers de M. Boëckh forme à lui seul la troisième stance.

Ici, je dois m'attendre à une objection, savoir : que les divisions admises par le savant critique allemand ne sont donc pas tant à rejeter, puisque les tronçons dans lesquels nous trouvons ici que la strophe est partagée, sont encore bien plus étendus que ceux qu'il propose. Loin de chercher à dissimuler qu'il y a ici quelque chose de très-favorable au système de l'illustre philologue, quelque chose qui semble même exagérer encore ce système en le reproduisant, je me trouve au contraire fort heureux de déclarer qu'à mes yeux, les particularités que je signale rendent ce système *presque* vrai ; et que manque-t-il pour le rendre vrai tout à fait ? une chose fort simple, que maintenant on m'accordera, je l'espère, sur l'autorité de saint Augustin : c'est à savoir, que *les divisions des poëmes de Pindare ne sont pas des mètres* ; et, cette concession faite, il ne s'agit plus que de leur donner un autre nom ; or, ce nom, nous n'aurons pas même la peine de l'inventer ou de le chercher, car il existe, il est connu : ce sont des μέλη (1), des *chants* ou des *membres* (car le mot a ce double sens) ; nommons-les en français, *stances*, comme il est convenu, et revenons au fond de la question.

(1) Il me paraît y avoir cette différence entre μέλος et κῶλον, que κῶλον signifierait un *tronçon*, et μέλος un *membre articulé*. Chaque μέλος forme en général, et sauf quelques cas d'enjambement, un sens complet ; il se termine, bien entendu, avec la fin d'un mot.

La mélopée antique, μελοποιΐα, la composition des μέλη, se composait de trois parties, savoir : λῆψις, *le choix ;* χρῆσις, *l'emploi ;* ιίξις, *le mélange* ou *la variation* (1) : or, nous retrouvons ces trois parties de la mélopée dans la musique de la pythique. Λῆψις, c'est e *thème*, c'est la composition de cette courte phrase que je considère comme le *nome* fondamental, et que j'ai donnée à la page 156 le l'ouvrage cité. Χρῆσις, c'est la manière d'appliquer les diverses notes et les idées musicales qu'elles présentent, sur les paroles données. Enfin, Μίξις, c'est la manière de varier ces idées suivant a variété des paroles, et de les développer de manière à éviter a monotonie. A ceux qui n'ont pas sous les yeux le volume cité, nous dirons qu'ils peuvent très-bien se faire une idée de ces trois parties de la mélopée, en examinant comment se chantent les psaumes : on a d'abord les principales notes du ton, sa médiante t sa finale, écrites d'avance, *lepsis ;* on place les paroles sous les notes, *chrêsis ;* enfin, l'on modifie ces notes suivant la variété des paroles, *mixis ;* (au reste, pour cette troisième partie, peut-être faudrait-il considérer des morceaux de plain-chant plus compliqués que es psaumes). Pour pousser plus loin la comparaison, j'ajouterai que les psaumes, tels que les chante l'Église catholique, sont de véritables μέλη, que l'on pourrait les considérer comme des mètres au même titre que les chants de Pindare, et qu'il n'y a d'autre différence des uns aux autres, si ce n'est que les psaumes ne sont pas soumis à la loi de la périodicité quant à la composition, ni à elle du rhythme quant à l'exécution. Et qui pourrait dire qu'il n'en est pas de même dans le texte hébreu ? et si jusqu'à présent on n'a pu parvenir à découvrir les règles de la métrique hébraïque, ne serait-ce point qu'en effet l'hébreu n'admet pas le μέτρον et ne reconnaît que le μέλος ? N'est-ce pas là, d'ailleurs, la marche naturelle des littératures primitives ?

Je ne puis terminer sans répondre à une objection que l'on ne manquera pas de me faire relativement aux mots que l'on trouve à cheval sur deux lignes, dans des cas cependant où l'on ne peut

---

(1) Arist. Quint., p. 28.

nier qu'il ne s'agisse de véritables vers. Mais l'objection tombera d'elle-même si l'on examine les circonstances, d'ailleurs très-rares dans les vers reconnus pour tels, où ces accidents ont lieu.

Ce sont 1° des coupures faites à plaisir dans une intention comique, παίζουσιν οἱ κωμικοὶ dit Héphestion, comme dans ce passage d'Eupolis :

. . . . οὐ γὰρ ἄλλο προ-
-βούλευμα βαστάζουσι. . . . . . .

2° Des mots composés, surtout des noms propres, que le poëte désarticule, comme dans ces passages :

. . . . ἡνίκ' Ἀριστο — γείτων. . . .
. . . . πᾶσαν Ἀπολλό — δωρος. . .

ou dans cet autre, d'Horace :

quid inter-
-est in matrona, ancilla, peccesve togata?

Il n'y a là rien de plus extraordinaire que de dire : *quo me cum que rapit tempestas*, ou *super unus eram*, etc.

3° Des syllabes élidées, comme :

........vires animumque mores(que)
Aureos educit in astra.

Enfin 4° : mais c'est surtout entre les deux derniers vers de la strophe saphique, que la coupure dont il s'agit se présente le plus souvent :

.... Jove non probante u-
-xorius amnis ;
.... zona bene te secuta e-
-lidere collum ;
.... purpura ve-
-nale nec auro.

Quant à ce cas ci, il s'expliquera de lui-même, si l'on veut en admettre que le vers adonique fait corps avec le vers phique qui précède; et l'on voit, en effet, par l'exemple ême des poésies de Sapho, que c'est ainsi qu'on doit le condérer.

De tout cela il résulte, qu'il est déraisonnable de voir de véritaes fins de vers dans les cas, extrêmement nombreux chez les lyques proprements dits, ou plutôt dans les poésies méliques et oriques, où l'on rencontre des mots ainsi coupés en deux *par s scholiastes*. Il est vrai que l'une des raisons alléguées pour jusfier ces divisions, est fondée sur une syllabe douteuse, signe dinaire des fins de vers; mais rappelons-nous que la rhythmiue a la faculté d'employer indistinctement les syllabes longues brèves à la place les unes des autres, pourvu, bien entendu, ue cet échange soit fait avec discrétion, et assez habilement pour ue l'oreille n'en soit pas blessée. Cette considération de la sylbe *anceps* est donc complétement illusoire

C'est encore un sophisme de dire que les strophes et les antistroes des poëmes de Pindare, se correspondant parfaitement, syllabe ngue pour syllabe longue, et syllabe brève pour syllabe brève, sont donc bien, en conséquence, de véritables mètres que l'on oit y voir. Ce raisonnement est un véritable cercle vicieux; car correspondance que l'on suppose exister ici est sujette à mille xceptions : la poésie chorique surtout en est la preuve. Or, je rois pouvoir regarder comme peu fondées, je dirai même comme ntièrement dénuées de fondement, une foule de corrections faites ır des textes que l'on a crus corrompus par cette seule raison, ue la correspondance dont il est question se trouvait en déaut. Comme il y aurait trop à faire ici pour donner à cet objet s développements qu'il comporte, je me bornerai à signaler, ntre autres corrections appuyées sur des motifs plus ou moins tiles, *futili mutatione* (Boëckh, *De metris Pind.*, III, 22), cette ddition de la particule γε, ayant pour but de faire disparaître n *hiatus* ou une *syllabe anceps*, addition devenue en quelque orte usuelle parmi les grammairiens byzantins, et que les illustres hilologues Boëckh et Boissonade, remontant à l'autorité des anuscrits, ont résolument supprimée : *sublato ex librorum auctoritate particulæ* γε *fulcro ineptissimo* (*Pindarus, cur. Bois ed. monitum*) (1).

Je résume donc ce point particulier, en disant que la rhythmiq admet des syllabes douteuses, des syllabes *ad libitum*, mais da des limites fort restreintes; que, par suite, ces syllabes, qua elles se rencontrent, ne caractérisent nullement des fins de ve ou de mètre, surtout quand elles se présentent au milieu des mo et cela nonobstant quelques rares exemples d'irrégularité q l'on trouve dans certaines compositions métriques reconnu pour telles.

Je crois pouvoir m'arrêter ici, et renvoyer, pour suppléme de preuves, à l'excellent article que M. Havet a consacré à m ouvrage dans le *Journal de l'instruction publique*. La conclusic si honorable pour moi qui termine le compte-rendu de judicieux critique, me fait voir que j'ai été compris (2), me rassure complétement sur l'avenir de la doctrine que j' cherché à établir. Peut-être, il est vrai, m'accusera-t-on n'être que le plagiaire de saint Augustin? Eh bien, que ce so là, j'y consens, le résultat de mes efforts; très-honoré d'une pa reille accusation, j'y verrai le triomphe de ma cause.

---

(1) L'abbé Arnaud, dans sa dissertation sur l'accent de la langue gre que, a déjà dit, il y a longtemps, que les irrégularités que l'on rema que dans les lyriques grecs tiennent aux exigences de la musique. (Voye l'*Histoire de la Musique*, par Mme de Bawr, p. 72.)

(2) *Tous* ceux, dit le critique déjà cité (p. 1167, col. 2), qui « ont « leur discussion (la discussion entre M. Rossignol et moi) d'un bout « l'autre, sont d'accord qu'elle est restée parfaitement obscure. » L remarque, comme on le voit, est un peu trop générale.

Paris, Paul Dupont.

www.ingramcontent.com/pod-product-compliance
Ingram Content Group UK Ltd.
Pitfield, Milton Keynes, MK11 3LW, UK
UKHW020439220726
13923UKWH00005B/2214